KB177300

이형기 시집

후회하는 나무

모아북스
MOABOOKS

시집을 묶는 동안 어머니가 돌아가셨고
그 이전에도 나는 자주 외로웠다
왜 그랬는지 모르겠다
하루에 세 시간도 넘게 전철을 타고
젊은 시인들이 강의하는 도서관을 찾아다녔다
어떤 때는 내가 좋아하는 시인의
강의를 듣기 위해 버스를
갈아타고 이름 없는 바닷가의 작은
도서관을 찾아가기도 했다
가도 가도 멀리 내가 이미 떠나온 사람들
의 얼굴, 누군가의 시선은 따스했고
누군가의 그것은 빈 처마처럼 낯설었다
그때 마다 젊은 시인들은
시를 쓰는데 나이는 숫자에 불과하다며
젊은 시를 쓰라고 했다 그 속에서
태어난 시들이다
부족한 글들이 누군가
에게, 나에 대한 변명이 되었으면 좋겠다

2015년 9월　　이형기

□ 차례

제2부

제3부

제1부

후회하는 나무

지독한 황사에서 푸른색 비까지의 거리, 성긴 빗방
울들이 유리창에 차례차례 엉기는 아침나절

며칠 전에 세상을 떠난 어머니 연미사를 드리러 혼
자 성당엘 간다

예수의 제자들이 하나씩 돌을 얹어 지었을 오래된
집, 용케 살아남은 자들의 위로 속에 하루가 펴지고
있었다

칠이 벗겨진 공기들처럼 젊은 사람들은 뿔뿔이 흩어져
돈 벌러 가고, 나이 들어 갈 곳 없는 사람들만 모여서
미사를 드린다

미사가 끝나 밖으로 나가는데 아까 어머니 이름을
불렀던 늙은 신부가, 마당에 길게 한 바퀴 원을 그리

고 서있다

모자를 벗고 꾸벅 인사를 하는데

엄마를 잃은 내가 안쓰럽다는 건지, 이런 날은 하
느님도 잘 보이지 않아 자기도 무척 괴롭다는 건지,
희미한 웃음을 던지며 손을 내민다

 오늘도 누군가, 후회하는 나무들만 비를 맞는다

회현역

쓰러지는 육교 위, 물구나무를 서고 있는 하늘

회색과 회색 사이

벌거벗은 나목에서

사과들이 마구 흘러내리고 있다

어머니가 엎어둔 바가지

리어카들이

사과를 주워 담고 있다

안녕, 안녕

사과와 사과들의 인사

구름이 하나, 둘, 셋, 넷

버스를 싣고 오는 창가

어머니가 죽은 나를 가만히 뉘어주고 있다

노을

아까부터 그녀의 강가에는 낙타 몇 마리가 물에
젖고 있었다
아버지는 돌아오지 않았고 집에 돈이라곤
어머니 시신을 공동묘지에
간신히 묻을 정도 밖에는 없는 듯 했다
야외음악당 벤치가 앉아있는
앞으로 긴 치마와 검은 모자를 쓴
그녀가 차츰 다가왔고
몸매가 다 드러난 작업실에서는
쪽 빠져버린 졸음이
열어젖힌 가슴의 수위까지
나른하게 차올랐다
그녀는 삼분의 일 쯤 바람이 빠져버린
유방을 쥐어 짜 듯 움켜쥐고
벌써 수십 번의 엔지를 내고 있었고

그는 그녀의 몸속에 가장 깊이 들어가던 수 분 동안,
무려 이백 점 이상의 누드를 찍었다

선유리*

무작정 주둔하던 오후

지루한 그의 그림자와, 협궤철로의 좀처럼 오지 않는
기차

하얗게 껌을 씹던 여자들과
여태 서성거리며 더 많은 몸을 팔던 안개들과
맥주잔에다 시버스 리갈을 딸아 마셔야
직성이 풀리던
아무 대책 없는 사내들의 일탈

클럽의 비굴한 웃음을 비웃던 술잔과
내가 부러뜨린
늙은 여자의 허리와
그 여자 속눈썹에 떨어지던
세월의 집

오늘은 누가 빈 유모차를 밀며 지나간다

잔뜩 찌푸린 하늘에서 한영애의 루씰 한 줄 흐르다가
툭툭 끊어진다

*경기도 문산, 미군이 주둔해 있던 마을

아침

신문사 건물 하나가 겨우 비켜선 골목, 해장국 냄새가
장례식처럼 차오르고 있다

이런 날 발송부 직원들의 작업종료 시간은 무척 더디고

단아한 지구의 표면으로
여자 하나가 목욕탕을 나오고 있다

방금 야방을 마친 대지는
담배 연기 몇 점을 켜 논, 꼭 그 지점에서 음역이 바뀌고

사내는 끝내 감옥의 담 밖을 걸어간다

좀 외진 마을에서는, 금빛 검에 정강이를 들키며
문안으로 들어서고 있는 젊은 여인 하나

이 시대 마지막 판자촌의 방죽에서는 소로 한 줄이
개천으로 휙- 던져지고

머지않아 학교 앞 건널목에도
늙은 교통이 천막처럼 서있을 것이다

어제 저녁 고양이는 돌아
오지 않았고, 안개는 더구나 제 이름을 구술하지 않았다

오월

무너지는 회색 담장 위로 칸나 몇 그루, 부끄러운 가슴을
만지며 솟아오르고

하늘은 더 이상 붉게 찢어지지 않았다

미사를 보던 여인 하나가 바구니에 종이 돈 천 원
을 놓고 오백 원짜리 동전 한 개를 가져오다 들켜
버리고

흰 이를 드러내며 웃었다

또 한 여인은 성체를 받아 들고 제 자리로 돌아와
무릎 뼈 두 개를 깊이 모아 오랫동안 흐느꼈다

봄은 세례자 요한보다 먼저 왔으나 교각 앞에서
주정꾼의 가랑이를 잡아당기며 괜히 방뇨했다

아이 둘을 둔 여인은 아이 하나와 돌아왔고, 성모성월이
다 가도록 장모는 오지 않았다

시인은 화약내 나는 묘비를 붙들고 울었다
우리는 모두
죽어야 했으나 아무나 살아 있었다

나비

어머니는 평생 남쪽에서 밭을 맸습니다

그 때문인지 어느 날 당신 얼굴에
아주 깊고 잘 마른 꽃 하나를 곱게 피워내고 있었고요

저도 어느 날 시간을 내어
어머니를 모시고 대학병원에 갔습니다

그런데, 의사는 날카로운 칼로 그 꽃의
대궁만 대충 잘라내고
정작 그 밑동은 슬쩍 덮어놓고 있었습니다

어느 날 저는 또 어머니에게 들렸고요

참 좋구나, 이렇게 좋을 수가 없구나

그날도 어머니는
마루에 앉아서 그 꽃자국을 만지고 있었습니다

저도 거기를 들여다보며, 그래도 오래오래
사실 거죠?
나야 이제 이승이 얼마나 남았겠니

혹시 술래를 찾아 버린 건 아닐까?
어머니와 장난을 한 번 쳐보기로 합니다

저는 사립문 앞으로 걸어가는 척 하다가 짠, 하고
갑자기 뒤를 돌아봅니다

포르르

나비 한 마리가 날아가고
있지 뭡니까, 밭고랑 같은 그 손가락 사이로 말이죠

교회가 보이는 차부

늦은 교회의 종루를 몇 번 만지고 공중으로 날아
가는 눈발

점점 굵어지고 있다

농협 골목에서 군밤을 팔던 할머니와
좀 모자라고 나이 든 딸, 오늘은 나오지 않았다

큰 길엔, 국방색 방한모를 쓴 중늙은이 두엇
잔뜩 웅크리며 지나가고

우체국 쪽 상점 몇은 벌써 문을 닫았다

그 옆, 며칠 전까지 휴대폰을 팔던 가게에서
녹음기 한 대가 옷 몇 벌을 팔고 있다

저게 누구더라? 별자리 이름 같은 나라에서 왔을
까맣고 마른 소년 하나

비닐봉지에 뭔가를 싸들고
오들오들 떨며 차부 쪽으로 가고 있다

저만치 전쟁을 따라온 몇 개의 불빛

잠든 부대의 포 연습소리 그친 뒤의 고요처럼, 눈
이 더 내렸다

강의 연대기
- 서강도서관*

그가 살던 마을에는 늘 삭은 똥내가 창궐했고 하늘 가로는 비 같은 강물이 흘렀다 그의 무허가 판자 집에는 가장 많을 때 천 마리까지의 닭들이 죽은 알을 낳았고 그때마다 강은 붉게 혹은 푸르게 흐르다가 차츰차츰 잿빛으로 변해가면서 사람의 간장을 야릇하게 긁었다

그가 출판사에서 번역료를 받아올 시간, 그의 아내는 문 밖에 서있었고 그는 새로 산 담배 갑 뒤에 얼마의 돈을 슬쩍 숨겼다 오늘은 무슨 일이 있어도 술을 사줘야지, 친구를 찾아갔으나 만나지 못하고 집으로 가던 길이었고 인도로 잘못 올라온 버스 한 대가 모처럼 마련한 술값을 미처 써보지도 못하고 그를 문득 졸하게 한다

어느 날 나도 그 강가에 앉아 있었고, 휴가를 나왔다가 우연히 만난 거리에서 트럭 한 대를 얻어 타고 귀대하던 나를 누구도 쳐다보지 않은 것처럼, 이제 그를 기억하는 사람은 없다 버스는 늘 우리들의 창밑을 지나가고 언젠가는 나도 그의 발소리를 더 이상은 들을 수가 없을 것임으로

*김수영이 살았다는 마포 서강마을에 있는 도서관, 나는 그곳에서 처음 시를 배웠다

금촌역

옛날 경의선을 놓던 시절, 일본인들이 역 이름을 정하면서

지금 경기도 파주시 금촌의 옛 이름인 새말을

쇠말로 잘못 알고, 신촌역으로 지었어야 할 역 이름을

금촌역으로 잘못 지었다는 이야기가 있다

늘 남의 집 앞에 가서 놀던 봉순이가 커서 시집을 갔
습니다

밥술이나 먹게 되자 동무들이 몹시 보고 싶었습니다

단옷날 만나자고 기별을 넣어

옛 살던 마을에서 만나기로 했습니다

新村 水色 花田 陵谷 江梅 白馬 一山 雲井 金村

칸칸의 마을을 지나
옛 마을 이름을 찾는 사이

어느새 가을이 왔습니다

노적가리 없는 들판엔 물소리 그치고

가을은 저물 대로 저물고

저녁은 임종하는 노인을 거두어 가듯 캄캄한
어둠을 깔고 갔습니다

벚꽃

동작동 국립 현충원,

맨 위쪽에 있는 큰 무덤 하나를 돌아본 후 사내 서
넛이 계단을 내려오고 있었다

가, 갸가. 또 기어코 어쩌고저쩌고…

이 묘지 최고 관리인이 저지른 일에 대해 걱정하는
눈치가 역력했다

오래 전에 아웅산을 다녀온 사내들은 한 술 더 떠

언제 이 골짜기에 깊은 울음소리
들릴지 모르고
이제 누가 있어 사자死者에게
날카로운 연도煉禱를 바치겠느냐고 분노했다

우리 집에서 상도동으로 넘어가는 산길 내내
분단처럼 서있던 담장 한쪽을 헐어내고, 산책로를
만들었던 어느 해 봄날

그 안에 피어 있던

토요일, 청소하고 책 보고
하얀 숲에선 새가 숫구치지

종탑에 앉아있던 새들이 날아가고 없다
여자들 몇이 걸레를 챙기며
젊고 예쁘면 누가 여기 있겠어요?
여자들은 자신의 하늘을 확인하며
요일마다 청소를 하고, 저자에서 먹을
한줌의 간식을 채워 넣고 있는 것일 게다
잘못이 있더라도 걸레질을 봐서 좀 봐주던지 하세요
마포자루를 치우고 나오는데
형제님 떡 좀 드시고 가세요

오래 아팠던 시인이 2층 열람실에서
책을 보고 있다
주책없이 나는 왜 그녀를 보면
까만 별처럼 눈이 멀어지고
마른 건물에서 통증이 빛을 내는 것일까

그나저나 너의
시는 좀 되고는 있는 거니?
사내는 여전히 말이 없다

애틀랜타, 마가렛 미첼, 용감한 스칼렛
아버지는 돈이 없어
너희 나라 비행기를 타지 못하고
너와 너의 아이들을 볼 수가 없다
아이들이여, 푸른 비가
한 줄기 그치고 하얀 숲에서
날렵한 새 한 마리 아스라이 솟구친다

코스모스

면사무소 앞 삼거리를 지나는데, 도서관 개관식이
있다는 플래카드 하나가 부고처럼 걸려있다

잘하면 국수 한 그릇이 나올 것 같은

염소 한 마리가 매어 있는 입구, 사람을 보고도
멀뚱멀뚱 쳐다보기만 하는 코스모스 꽃들

마당에는 백 명이나 될까? 어른들 틈에 가끔 보이는
아이들

기관장과 유지들이 나와서 축사를 하고 테이프를 끊고

나도 그들의 뒤를 따라 예쁜 도서관을 돌아본 뒤,
수건 한 장을 받아 들고 나오면서

그런데 이 작은 동네서 사람이 몇 명이나 올까?
그렇지, 다음에 내가 내려와서 날마다 출근하면 되겠네

제발 좀 그래 주세요!

알았다는 의미로 나는 손을 흔들었고

그녀는 약속이나 잘 지키라며 반짝 고개만 들었을
뿐, 여전히 인사는 하지 않았다

이름을 잘못 부른 죄

청량리에 있는 가톨릭대 성 바오로 병원에는

바오로를 닮은 노인들이 많이 온다

별관 2층 뼈 사진을 찍는 책임 기사는 젊은 수녀다

순번을 기다리던 바오로 한 명이

급한 일이 생겨 화장실엘 갔다

그것도 모르는 수녀는 바오로, 바오로 큰 소리로
불렀다

바오로 한명이 화가 난 얼굴로

내 이름은 바오로가 아니고, 요셉이라고 강하게 항

의했다

영문도 모르는 수녀는

잘못했어요 잘못했어요, 무조건 잘못했다며 두 손을

싹싹 빌었다

서부역

한 시간에 한 번 떠나는 경의선 열차, 간신히 차를
탄 노파 하나가 천천히 더 놀다 오라며 손을 흔든다

온몸이 나른하고 팔다리가 저리는 걸 보면 우기가
오고 있는 것일까

이럴 땐 쇠고기 국물이라도 실컷 마셔둬야 힘이 난
다던 어머니 말이 생각나서 옛날 다니던 설렁탕집에
가보았다

큰방에서 돈을 세고 있던 할머니는 죽었는지 없고

요즘 어떤 연속극에서 주모를 돕느라 자기 집에 잘
안 들어가는 그 아낙을 닮은 여자가 아직도 투가리를
나르고 있다

그때나 지금이나 설렁탕 국물은 쥐뿔 나게 허옇고
그 여자 얼굴도 몸서리나게 안 늙었다

국물을 되게 마시고 다시 역으로 나오는데

옛날 야당 당사가 있던 중림동 골목에서 하얀 와이셔츠
를 입은 젊은 신사가 버터플라이를 할 때처럼 기지개를
활짝 펴며 내려오고 있다

내 앞에 오더니 이게 누구요, 손을 덥석 잡는다

악기 부는 남자

양재동 전철역 지하도, 젊은 사내 하나가
악기를 불고 있다

부르는 노래가 무엇인지 저도 잘 모르니
이름을 알 리가 없는 국적

누군가 내다버린
길바닥에서 은화 몇 푼을 줍고 있다

체르 쩨르 쳇쩨 체라 쳇쳇 체라 체라 쳇쳇삐……

결코 사라저본 적 없는, 나뭇잎의 합창이라도 되는
것처럼 악기 하나를 불고 있다

밖에는 한 줄금 스콜 같은 비가 뿌렸고

정류장에는 지까다비를 신은 젊은 여자 하나가

수지 행 버스

를 타려고 급히 달려가는 게 보였다

내 구름의 영혼

육교위에서 그네를 타다 다친 나무들의 흉터가 훌쩍
커버린 놀이터, 사라지는 물기의 온도 위로 죽은 새 한
마리 날아갔다

너의 영혼은 차분한 목소리로 누군가를 부르고 나는
계단을 배경으로 빛의 역광 하나를 더 받았다

명줄 긴 놈이 바닷가에서 먼저 태어나듯 나는 빨리 장
가를 가려고 한꺼번에 밥을 두 그릇씩이나 먹었다

애야, 오늘은 운동화를
두 사이즈로 한 켤레
샀단다, 그러니 차례로 신으렴

알았어요, 어머니

겨울 산에서 새 오줌 누는 소리를 들으며 나는 태어
났고 그 소리를 듣는 게 더 이상해서
한 쪽 다리를 들고 서있는 나무들처럼

아직은 저 빛의 광도를 뜯지 마세요

그 구름 한 장의 기억은 다 내 것이 아니고 장지문의
끝동을 당기듯 지나간, 내 슬픈 영혼이 아마 반쯤은
남아 있을 거예요

그해 바닷가에서의 며칠

그해 봄 나는 오래 입었던 옷 한 벌을 벗었고 그런
대로 거동이 가능한 어머니와 며칠간의 여행을 떠나
기로 했습니다

우리가 있을 바다는 많이 젖어있었습니다

조선소래야 어선들의 깨진 밑바닥이나 겨우 꿰매
주는 회색 슬레이트 건물은 소금물에 제의를 통째
바치는 식이었고, 도르래 하나가 연안의 불빛을 슬
금슬금 끌고 왔습니다

포구에는 어선 몇 척 쿨럭이는 게 보였고 피안인
듯 모닥불을 피우는 연기와 여인들의 울음이 오래
고 습하게 들려왔습니다

우리의 대화는 늘 우리 두 사람의 가슴을 통과해

어머니는 내 뒤편 천장만을 바라보았고
조선소가 옛날 자기 집이었다는 주인 여자도 이제
막 뼈를 바른 회 한 접시와 소주 한 병을 넣어주고
돌아갔습니다

밤이 되자 바다 속은 더욱 잉잉거리고 가끔씩 두
사람의 된소리가 문틈으로 흘러나올 때마다 깜짝 깜
짝 놀라며 입을 막는 불빛

누대의 가업처럼 내 등에 업힌 어머니는 어디서
또 마른 뼈가 꺾이고 있는 것인지 자지러질 것처럼
소리를 질렀고 그때마다 나는 나보다도 더 엄살을
부린다며 타박을 주었습니다

다음날도 그 다음날도 어머니만 보면 무조건 짖
어대는 여관집 개와 아무 대책 없는 늙은 바다와

그리고 저 상처 난 별들을 다 어떻게 해야 하나, 한 백
년쯤 고민하다가 나는 혼자 서울로 왔고

어머니의 긴 여행은 그때가 시작이었습니다

제2부

새벽에 내리던 비

펜실베니아의 외딴, 유기농과 아미식 가구를 만들
어 판다는 가난한 마을

마차를 몰던 농부들이
아직 잠이 든 시간

투정하듯 달리던 버스가 속도를 낸다
했더니 어디쯤에서
퍽, 하는 소리가 무척 심하게 들렸다

유리창에 새가 한 마리 머리를 박고 죽은 것이다

가이드의, 여자문제로
자살했을 거라는 너스레에 그 중 몇 명이 웃었고

아까부터 차 안에는

50

섬 같은 시선 하나가 더 있었다

그 여자는 미국에 건너와 이번 동부 여행이 처음이
라고 했다

잔인한 도시 서울에서 왔습니다

  멀고 먼 남부의 땅 조지아주 지금쯤은 단풍이 붉게 물들었을 차타후치 강가 그곳에 사는 나이 드신 목사 한 분이 생각난다 그는 우리를 위해 카약이라는 배 한 척을 띄웠고 뱃놀이를 마치고 돌아 왔을 때 하필 그분의 차 유리창만 산산조각 박살이 나 있었다 안에 있는 물건을 누가 몽땅 훔쳐간 모양이었다 미안해서 어쩔 줄 모르는 우리에게 마치 자기 잘못이나 되는 것처럼 이곳에서는 가끔 있는 일입니다, 한 마디를 해놓고 가을볕처럼 반짝거리는 유리 조각을 쓸어 모으고 있었다

  세월호가 깊이 잠겨있던 올 여름
  그를 다시 만났다

  "지금 어디서 오시는 길입니까?"

  "서울이요"

"참 잔인한 도시에서 오셨습니다"

짧고 하얀 머리에 검게 그을린 손으로 내 손을 잡으며
말했다

올드랭

엘 에이 한인 타운, 라디오 코리아 건물에서 도서
관으로 건너가는 통로 옆 베란다에는 늘 흑인들이 모
여서 놀고 있다

제일 안쪽, 등을 기대고 비스듬히 누워있는 남자

가족이 없는 듯
젊은 흑인들이 먹을 것을 가져오고

여자 하나는 볼에 키스를 해주고
부르릉, 오토바이와 함께 사라진다

어떤 때는 순찰중인 흑인
경찰관이 찾아 와서
떠들고 재롱을 피우다 가기도 한다

올해는 사람이 많지 않다

수염이 너무 길어서
늙은 매미처럼 보이는 그는, 고목처럼 누워있을 때
가 많다

육중한 온도

만약 남북전쟁에서 지지만 않았다면 지금은 미국
의 수도가 돼 있을지도 모를, 옛 남군의 거점 애틀
랜타

그 시대 마지막 신사들이 사라진 평원 위에 늦도록
떠있던 태양이 내려지고 있었다

우리는 불이 꺼진 한 대학 건물 앞에서 그날 저녁
초청 받은 연주회의 공연장소를 찾고 있었고

그걸 어디서 지켜보기라도 했는지 키가 훌쩍 큰 사
내 하나가 환한 불빛 속으로 성큼성큼 걸어왔다

물론 그것은, 그가 타고 온 픽업트럭에서 뿜어지
는 헤드라이트 불빛

공연 장소와, 공연 후 돌아가는 지름길까지 침착하게
가르쳐준 사내는

차가 있는 곳으로 돌아가면서 그 커다란 어깨를 들어
올려 다시 한 번 손을 흔드는 걸 잊지 않았다

육중한 밤의 온도 위로, 검정색 별들이 폭포처럼 쏟아
지고 있었다

외로운 프랑스
- 정준영에게*

자넨 젊고 모험을 좋아하네, 당연히 아프리카나 지
중해를 말하겠지 그렇지만 이번만은 나를 따라와 주
지 않겠나? 북미 속의 작은 프랑스, 퀘백 말이네

우선 대서양으로 흘러드는 세인트로렌스 강은 이곳
에서 잠깐 여인의 잘룩한 허리가 되고 말지 우리는 강
가의 작은 샹플랭 길을 걷게 될 거네 그리고 초입에서
메이풀시럽 몇 잎을 사게 될 거고

나는 좀 작고 나이든 동양인, 허지만 어때 자네에게
바짝 붙어서 좀처럼 어깨를 내리지 않으면 될 거고

저 쪽을 보게, 카페와 뷰띠끄엔 온통 연인들뿐이군
돌계단을 올라가 작은 성채가 있는 샤토 프롱트낙 호
텔을 지나 노천카페를 가보기로 하지

거기서 포도주 한 잔을 마시면 연정이 취기보다 먼저
가슴을 휘감고 말텐데 그래도 괜찮겠나? 주의하게
여기는 지나가는 사람들이 다 아름답게 보이니까

저 부인은 꼭 석양 같지 않은가? 성당으로 가고 있
을 거야 우리도 따라가 보자고 신이야 어디 있든 잠
깐 묵상하면 될 거고 첨탑에서는 청동의 종이 둔중하
게 울리겠지

골목 가게에는 벌써 산타와 아기예수가 나와 있어
그 옆에 하루 종일 그림 한 점 팔지 못한 꼭 나 같은
사내들이 그런 건 아무 상관이 없다는 듯 화구를 치
우고 있군

사실은 저 친구들이 보고 싶어서 자네를 그렇게 졸

랐던 거라고 나는 차마 말하지 못하네
 그런데 자넨 아까부터 계속 술병을 만지고 있군 조
금만 참게, 내일이면 리조트의 고장 몽트랑블랑에 도
착 하네 거긴 아직 가을이어서 많이 쓸쓸하다네

*함께 시를 공부했던 잘생긴 청년, 남자는 우리 둘 뿐이었다

하기식

캘리포니아

한인 타운에서도 제법 멀리 떨어진 마을의

오래된 도서관

방금 책을 정리하다 나왔을 한인 여자 한명이

여태 걸러있던 성조기 한 장을 내려

그것을 대충 접어서 안으로 갖고 들어가고 있다

비행기 한 대가 느리게 가고 있다

머나먼 소녀

서울에 도착하시면 꼭 편지 보내주세요, 너 또 우
표 모으려고 그러는구나
아저씬, 여자가 스파이 요원에 더 어울린다고 말
하지 않았나요
먼 이국에서 만난 사람은 다시 만나게 된다는 말
셰익스피어가 한 말이란다
아저씨는 내일 아침 뉴욕에서 꼭 전화가 올 거란다
그렇지만 우리 집엔 전화기가 없어요
엄마가 열 손가락으로 편지를 쓸 때면 사각 사각
사과를 갉아먹는 소리가 들려요
그러니 아저씨는 먼 나라의 아주머니들을 사랑한 적
있나요
바람이 너무 춥다고요, 난 괜찮은데
허드슨 강가에는 바람이 더 많이 불어서 네 옷이
물에 젖을지도 모르지
그렇다고 나처럼 손빨래하는 옷만 입고 다닐 수는

없는 일이고

남자다운 부자가 없다는 것쯤 저도 알아요

그렇지만 끝까지 살아남은 사람들이 모두 범인은

아닐 거예요

너에겐 거울을 보여주고 싶구나, 거울은 왜 그러

세요?

정말 사랑스러우니까, 그럼 키스 좀 해 주세요

그런데 어쩌니, 의사 말로는 키스를 하면 체온조

절이 잘 안 된다는구나

괜찮아요 아저씨, 이제 저와 샤워기를 함께 쓰려

는 남자들이 얼마나 많은데요

카사블랑카

한 무리의 어둠이 안개를 길어 올리는 동안
지난 세기의 도시에서는
흰 연기가 나고
불모의 굴뚝에서는 예외 없이 빗물이 흐른다

제국의 속도를 따라 잡지 못하는
식민지 지식인의 비애가
바람 몇 량에 끌리어 가고
전쟁이 끝난 사람들은 어딘가로
떠나는 티켓을 구하려고 기항지에 도착 한다

우리들 사랑의
시간이 다 지나가고 있어요
그렇지만 난 당신에 대해 아는 게 별로 없어요
나도 마찬가지야,
당신이 치아를 교정했다는 것 말고는…

혼신의 온도로
서술하는 연인들의 발자국 소리

극장을 나선 사내들은 낙엽을 밟으며
하나씩 집으로 돌아가고
무너지는 성곽아래 희끗 희끗
누워있는 안개들
그러나, 꾸준히 승리하고 있는 것들의 무덤

공차는 소녀

네가 눈부신 9번을 달고 운동장에 나왔을 때 우리
는 잔디밭에서 접었다 폈다 하는 낚시 의자처럼 응원
할 모든 준비가 되어 있었다

숲에는 벌써 소식을 띄웠으므로 나뭇잎들이 몰려와
골문을 향해 달려가는 너를 지켜보고 있었다

네 아버지 의자는 좀 더 튼튼한 걸로 준비하라고 그
렇게 일렀는데도 그물망을 가르기 전에 넘어질지 모
르지

그렇지만 우리는 골 장면을 놓치지 않으려면 누구도
바라볼 수 없어

쟤가 미국 애가 아니면 어쩌죠? 그러니 국가대표팀
을 어떻게 이길 수가 있겠어요, 누군가 말했고

나는 아주 느긋하게 말했지, 아마 시차 때문이었을
거예요

내일은 서울서처럼 무조건 자전거를 타요, 골 장면
을 못 본 네 아버지가 말했고, 아이 좋아, 너의 날씨는
5월의 첫 날이었지

그렇지만 나야 이제 뉴욕탄광의 재난을 이겨낼 만한
힘이 몇 푼이나 남아 있겠니?

염려 마세요 할아버지, 여기서 그리 멀지 않은 스톤
마운틴*에 가시면 알아요 용감한 사나이 셋을 곧 만
나게 될 거예요

*남북전쟁의 세 영웅을 새겨 논 애틀랜타에 있는 거대한 바위 산

영화를 만든 사람들

제법 멀리 떨어진 영사관까지 찾아가서 부재자 투
표를 마치고 돌아와, 상암동에 있는 한국영상자료원
에서 봤던 영화

남영동 1985*

단정할 순 없지만 진보진영에서 대선을 겨냥해 만들
었을 영화

화면에는 두 시간 내내 진짜 주인공이 시멘트 바닥
을 뒹굴며 엄살을 부리고 있었고, 정작 영화를 만든
사람들은 어떤 괴물 하나에게 죽도록 고문을 당하고
있었다

아니나 다를까

좆같은 새끼들 더러워서 못 보겠네, 젊은이 하나가
벌떡 일어서고 있었고 또 한 사람도 저주에 가까
운 분노를 터뜨리며 밖으로 뛰쳐나갔다

아버지가 한복을 입고 투표장에 가던 시절, 이와
비슷한 영화를 만든 사람이 있었다

임화수라는 정치깡패

돌아오는 길, 며칠 전 여의도에서 들려오던 축포
소리와 영화를 만든 사람들의 얼굴이 자꾸 오버랩
되고 있었다

녹지 않은 눈 때문에 바닥은 미끄러운 곳이 더 많
았다

*김근태 고문사건을 소재로 한 영화

귀로

이 작은 색경에는 나름의 유래가 있다

지금은 미국에 살고 있는 아들이 일본의 한 공항에서 할머니 한 분을 만나 꽤 오랫동안 말동무를 해줬다고 한다 할머니는 고마운 청년에게 그것 하나를 선물했을 것이고 아들은 그 할머니 얘기를 하면서 제 엄마에게 줬을 것이다 아내는 또 아들 얘기를 하면서 그것을 나에게 주었을 텐데 나는 그걸 받아서 가방에 넣어두기만 했을 뿐 까맣게 잊고 있었다

어느 날 나는 창가에 앉아 있었고 어쩌다가 생각이 거기에 미쳤다 벌써 이십 년도 더 된 그것은 거울과 이쑤시개 주머니를 잇는 연결 부위가 덜렁거리고 있을 만큼 심하게 낡아있어서 차마 가지고 다니기에도 민망할 정도였다 그런데 거기 한쪽 주머니에 가늘고 뾰족한 이쑤시개 이십여 개가 가지런히 꽂혀 있는 게 아

닌가

나는 그 중 한 개를 뽑아 들고, 아내가 하던 것처럼 거울 속에 얼굴을 이리저리 기웃거려 보기도 하고 어디 한 군데 찍을 데가 없나 이빨을 쓱 비쳐보기도 하다가 그걸 다시 가방 속에 집어넣으며 아내가 이걸 나에게 왜 주었는지, 나는 또 이걸 왜 받았는지 오랫동안 생각하다가 자리에서 일어났다

그때였다, 아직은 이른 새 한 마리가 푸드득, 소리를 내며 창가로 날아들고 있었다 아주 가볍고 잘 마른 새의 얼굴이었다 다행히 집으로 돌아가기엔 제법 시간이 남아있었다

개를 데리고 가는 여자

퇴근 시간이 미처 안 된 지하철 충정로 역사
젊은 여자 하나가
내 앞을 지나가고 있었다

잘생긴 안내견 한 마리

짙은 안경에, 하얀색 블라우스
가방끈에서
흘러내린 가느다란 어깨

신발 굽이 좀 낮은 것 말고는
세상의 어떤 것도
거부하려는

그의 단호한 침묵처럼

둘 중 누가 먼저인지 알 수 없었고
종자가 누구인지는
더구나 중요하지 않아 보였다

그녀는 고대 올림픽 신전에 성화를
바치러 가는 사람처럼
천천히, 그러나 당당하게 계단을 올라가고 있었다

가을비

길 저무는 형장의 저녁, 머리를 베이는 은행잎

바람이 형리를 시켜 날을 세우기 전

높이 올라가 몇 개의 머리를 더 바치거라

로드리고의 음표,

당신이 앗아간 눈빛, 내 아내

날카로운 우레 소리 멈추고

장례식에 슬피 우는 친척들과

묘비석의 푸르스름한 성에

여기서부터 흩어지거라

각자의 집으로

다시 사탑의 늦은 종은, 그 철없던 기쁨을 때리는 일

강아지 한 마리

김수영처럼

사소하지 않은 것들에 대한 나의 분노는 또 얼마나
사소한 것인가

하숙촌 같은 담벼락에서 실존보다 더 무거운 표정
을 짓고 있는 사람들, 저들을 위해 내가 할 수 있는
건 투표장이 있는 학교 까지는 겨우 가지 않는 것
이었다

언젠가 나는 어머니에게 해외로 도망친 어떤 비겁한
사내의 사진을 보여주며 흥분한 일이 있다 그때도
어머니는

애야, 네 아버지처럼 중간이면 얼마나 좋으냐?

내가 어떤 도시에 살 때 해태타이거즈가 이긴 날에
는 시내 전체가 들썩들썩 했어도 무슨 사단도 일어나
지 않았고

혹시 깨져버린 날에도 운동장 담벼락에는 장미꽃
얼굴 반쪽이 찢겨져 있었을 뿐 도청 분수대 앞에는
나가지 않았다

어디 그 뿐인가

어느 날 나는 우리 집 아파트 복도에 한줄기 찍, 갈
겨놓고 재빨리 사라진 강아지 한 마리를 반상회에
세우고 있었다

무덤의 겨울

새들은 어떤 하늘로도 다 날아갔다 예쁜 아내를 둔
사내들은 바람을 피우다 쿵쿵 넘어져 있고 도산한 공
단처럼 우뚝우뚝 솟아 있는 검은 굴뚝들 소녀들은 한
없이 흩어져 폐지를 줍고 있다

소녀 둘이, 산 아래를 가리키며

저 애야말로 정말 죽었을지 모르지
아니야, 그럴 리 없어
그걸 어떻게 알아?
사고가 난 한참 뒤에야
차에서 내리는 걸
내 눈으로 분명히 봤거든

그럼 우리 이렇게 해

아저씨

커피 한 잔 드려도 될까요?

물론 나야 괜찮지

빨간 꽃의 소녀가 몇 발작 걸어 나와

공손히 잔을 받는다

시간의 노력

정기 건강검진이 있는 날, 병원으로 가는 길을 놓고
우리는 약간의 이견을 노출한다

나는 사소한 고집을 이미 포기한지 오래이므로 두
사람의 눈썹에서 채 일 분이 안 된 시간이 지나간다

전철 손잡이 안에서 감동 없는 몇 분이 또 지나가고

나는 독립문역에서 내린다

박새 한 마리처럼 가끔씩만 그림자를 들이는 골목,
늙은 여자 하나가 젊은 남자와 이별하고 있다

그 옆 담벼락에서는 무려 일곱 명의 사내들이 표를
달라고 징징 울고 있다

뒷걸음질을 치다가 병원 근처 옛날 방송국이 있던
안테나 하나를 발견하고 나는 잠시 장엄해지려고 노
력한다

먼저 도착한 그녀가 앉아 있다

저 여자의 계절에도 언젠가는 흰 꽃잎이 필 것이다

그때, 길 밖에서 아련히 누군가 나를 부르는 소리
옛날 어떤 창문의 애절한 눈빛을 노려보듯 기약 없는
몇 분이 또 지나가고

나는 아무 감동도 없이 한 여자를 깊이 사랑하고
있다

제3부

동기간

인천으로 가는 1호선 전철, 오누이처럼 보이는 남
녀 한 쌍이
공항으로 가는 전철에서 차를 갈아타고
막 자리에 앉고 있었다
설날이어서 어디를 다니러 가는 듯
머리에 하얀 털모자를 쓴 여자가 누나처럼 보인다
옆의 조그만 남자, 영락없는 붕어빵이다
올해 무임승차권이 나오는지 여자는
승차권을 신청하는 방법을 가르쳐주고
남자는 그걸 받게 되는 것이 그렇게 좋을 수 없다
는 듯 싱글벙글 어쩔 줄 모른다
나는 차에서 내리면서
옛날, 키가 크고 무명 두루마기가 잘 어울리던
순천 이숙이
우리 집에 오시는 날이면

술심부름을 하느라 밤새 부엌에 서계시던 어머니
얼굴이 떠올랐다

아버지는 독자였다

돈

흔들거리는 버스 안처럼 텅텅 비어버린 서울,
성당에서는 설날 합동위령미사가 있었다

나는 얼른 예물봉투 하나를 집어 들었다

봉투에는 기억하고 싶은 영혼의 이름을 적도록 돼
있었고
나는 생각나는 대로 할아버지, 할머니, 아버지, 작
은 누나, 장모님, 큰집 조카 모두 여섯 명의 이름을
적은 다음

지갑에서 이만 원을 꺼냈다가 그래도 사람이 여섯
인데 만 원을 더 보태 삼만 원을 넣고 이걸 어디다
낼까 눈치만 보고 있었다

마침, 아직 예물을 바치지 못한 분들은 지금 봉헌
순서에 바쳐도 된다는 방송이 나오고 있었다

이때다 싶어서 나는 바로 앞에 있는 헌금바구니에
그 여섯 명의 이름이 가장 잘
보이도록, 봉투를 놓아두고 돌아왔다

내 뒤를 따라오던 사람들은 무심코

천 원, 오천 원, 혹은 만 원짜리 지폐를 꺼내 그 하
얀 봉투가 다 파묻히도록 작은
무덤 하나를 만들었다

바른편 창가로 오래된 햇볕 몇 점이 들어와 있었다

本家入納

새해 벽두, 술 많이 사주던 선배가 죽었다
그동안 술 얻어먹은 게 얼만데 부의금을 얼마를
내야 할까?
아내가 말한다 본인도 없는데 적당히 하세요
그래, 을지로에서 그 선배 술 안 얻어먹은 사람 없을
테니
손님이 제법 많이 오겠지
자기 돈 내고 술사고 뭐가 그리 좋다고
낄낄거리는 선배 사진 앞에 절하고
일금 오만 원 내고 돌아오는 길
조금 전 썰렁하던 빈소와 아침에 아내가
하던 말을 떠올리며
옛날 군대 갔을 때
나도 없는 우리 집에 편지를
보낼 때 내 이름 밑에 썼던 그 네 글자가 생각났다
본가입납이라고

한문으로, 괜히 아는 체 하느라 쓰지 않았어도 편지
가 도착하는 데는 아무 문제가
없었을

시선

복날이 막 지난, 개 짖는 소리가 일체 끊긴 마을의
정적

사립문 앞을 걸어가는 할머니와

그 할머니를 데리고 가는

지팡이 하나가

그것을 바라보는 나보다 나를 더 슬프게 한다

백석

흙 꽃이 이는 작은 마을

젊은 수녀가 몰고 온 봉고차에서 그보다 더 어린
사제 한 명이 나렸다

미사가 끝나고 한 남자가 낡은 차문을 열자

사마리아 여인 둘이 차에 올랐다

조금 있다

간이역 같은 마당에서 파란 담배 한 대가 켜졌다

훅–

짙은 파 냄새가 났다

서울의 북쪽

불광동 시외버스 터미널 앞 오리고기를 구워먹는 집

손님은 네 명이다

여자 옆에는 조그만 남자

남자는 여자에게 자꾸 술을 따르고

여자는 자기 앞의 나이든 부부와 눈을 맞추고 있다

무언가 사연이 있는 듯

그렇지만 눈으로만 말을 하고 있어서

누구도 그것을 알 수 없는

파주나 문산, 아니면 더 멀리 개성이라도 가려는 듯

버스도 없는 터미널에서

잔해

잔해를 남길 때가 있다 그것이 잔영인지 허무인지
나도 잘 모르는

가끔 발가벗은 몸으로 그것을 내놓고 시장골목을
배회하는 꿈

쟤가 왜 저러지? 동네 아주머니들의 증발해버린 눈

일찍 죽은 누나와 싸운 일 때문이었던가? 어머니에게
몹시 대들고 나서 마을 뒷산으로 달려가 바위틈에
숨어서 나를 찾으며 우시던 어머니의 울음을 오래오
래 들었던 기억

나는 그때 이미 무엇이 되겠다는 꿈을 포기하고 있
었다

추수가 끝난 밭에 남아 있는 무 잎들 그 것을 줍고
있던 얼굴이 잘 생각나지 않는 어머니의 죽은 친구들

해체중인 유진상가 육교 밑을 지나며 그 아래 버
려진 리어카와 떨고 있는 나무들도 결국은 누군가의
후회라는 생각이 들었다

출근시간의 좁은 차 안에서 어떤 할머니의 무거운
짐을 내려주던 소매와 그 시곗줄의 수고를 오랫동안
후회 하던 날처럼

나는 많은 잔해와 허무를 남겼다

내가 붓고 엎질렀던 술잔들에게 그것의 상처 받은
영혼들에게 이제는 돌려주고 싶다

이것마저도 나는 영원히 잊어버리게 될지 모른다

봄이 선다는 말

눈 오는 날 다리 밑에서 거지가 빨래를 하듯
괜히 나도 시 한 편이 쓰고
싶어서 문학회로 가는 안산행 4호선 전철을 탔다
대공원역에서 여학생 다섯이 올랐다
고등학교 일 학년이나 될까?
벽돌색 교복위에 사제 옷으로 멋을 잔뜩 부린
그렇지만 치마 길이가 자로 잰 것처럼 꼭 같다
무릎 위로 삼십 센티도 넘을 것 같은
짧은 치마 밑으로 쭉쭉 뻗은
종아리를 열심히 쳐다보고 있는데
내 옆에 앉은 할머니가, 한 푼을 부탁하는 젊은이의 모
자 속에 돈 천 원을 넣고 있다
젊은 녀석이 무슨 할 일이 없어서, 하다가
나도 지갑을 꺼내 천 원짜리 한 장을 넣는데
그 안에 뭉툭한 손목 하나가 하얗게 떠있다

어쩌다가 잃어버린 것일까?
몇 정거장을 더 가 여학생들이 우르르 내리고
목적지에 다 올 때 까지 나는
아까 그 검정색 모자 안에
젊은이의 것인지 아니면 내 것인지 알 수 없는
종아리
다섯을 계속 그려 넣고 있었다

자리가 있는데도
앉지 않고
시위하듯 서 있던

노인들

"근심과 걱정으로 세상을 살아가라, 세상살이에
곤란함과 근심이 없으면 업신여기는 마음과 사치한
마음이 생기느니…"

누군가 붙여 두었을
수고 앞에서

똥을 누고 있는 노인들

비상벨이 하나, 멀쑥한 표정으로 그것을 지켜보고
있는

분식집

"이모를 찾습니다"

A4용지를 쏙 뽑아서 유리창에 붙여 논

정말로 이모를 잃어버렸나 해서 가만히
안을 드려다 봅니다

올망졸망한 아이들은 모두
학교에 가고
그보다 더 어린
물컵들이 손님을 기다립니다

며칠 전, 들어올까 말까
망설이다가
슬그머니 가버린

뒷머리를 위로 묶은 그 예쁜 이모를 찾습니다

고양이와 가로등 3

위원장이 끌고 간 바다 한쪽으로 어린 수병들이
사라지고
우우우
장송곡이 들리다가 연이어 터지는 호곡
기억하라 기억하거라
다시는 너를 만나지 않을 것이니
전화를 받으며 달려가다
또다시 전화를 거는 맥주 집
그 집 화장실에 걸려있던 그림자와
그 그림자의 골똘한 눈빛
부소산 밑 작은 박물관
천 년의 향기가 다시 살아나는 들녘
슬픔의 연기를 먹는 나무와
나무들의 새끼들
점점 작아지고 있는 지구와
지구의 신음소리

아파, 아파 소리치고
있지만 아무도 들여다 봐 주지 않는 병실

고양이의 머리맡

오후

부평시장 전철역에서 가까운 허름한 국밥집

노인 꺼풀 두 사람이 계란말이 안주에 소주 한 병을
시켜 놓고 이런저런 이야기를 나누고 있다

얘기래야 어떤 영감쟁이 하나를 놓고, 재산이 몇 십억
이나 되는 놈이 술 한 잔도 안 산다느니 그렇게 살아서
뭐 할 거냐?느니 열을 올리고 있고

여자도 이야기의 주인공을 아는 듯, 말참견을 하며 별로
지루하지 않는 기색이다

시켜 논 국밥이 나오고도 한참이나 계속되던 두 사람의
이야기는
내가 수저를 놓을 무렵 화제가 바뀌어

남자가 군대를 한 번 더 갔다 오고 난 후에야 간신히
막을 내렸다

남자는 술값이 얼마냐고 물었고 주모는 육천 원이라
고 말했다

여자는 자기가 내겠다며 주머니를 푸는 시늉을 했다

남자는 아무래도 안 되겠다는 듯 내일 모레 모임이
또 있으니 그때 한꺼번에 계산하자고 한다

밖에는 누런 배춧잎 같은 햇볕이 띄엄띄엄 걸려 있
었다

백수들

바야흐로 백수의 계절, 삼십 년 전 친구 하나가 생각
난다
그가 손댔던 것들이 그런대로 잘되던 시절
한 건 해 놓고 느긋하게 놀면서
자기는 백수가 아니고 흰 손이라고 말했다
그 친구 손은 여자처럼 작았고
여자들도 잘 따랐다
나도 그 친구를 따라다니며 같이 휘파람을 불기도
했다
서울에 올라와 내가 되게 추울 때
인삼 박스 몇 개를 내 차에 실어 주며
명절에 이런 거라도 하나씩 돌리라고
그래야 하는 거라고
지금 같으면 카메라가 여럿 따라 붙었을지도 모를
겁도 없는 짓을 했던
내 친구는 요즘 전혀 소식이 없다

내가 술이라도 한 잔 하자고 전화를 걸면
며칠 중국을 다녀왔다고, 그쪽으로
쓱 한번 움직여 보느라고
그래서 전화를 받지 못했노라고 거짓말을 한다
호주머니에 돈이 없으면 슬그머니 꼬리를 잘라버
리는

절지동물

너도 요즘 전철을 타겠구나

폭력의 역사

다시 한 번 말하겠네 천둥 전에는 아무도 보내지
않을 테니 누구 한 놈 해 치워버리고 싶다는 생각 안
해 본 놈 있으면 자신 있게 나와 보게

꼭 이런 봄날은 아니고 재앙처럼 사내 하나 조용히
자네 앞에 보내 주기로 하지 정확히 그 질량을 알 수
없는 어둠속에서 몇 점의 비명이 들리고 부러진 나뭇
가지 하나 홀연히 붙어있는 흔적

오른쪽 흉터자국이 목구멍 속으로 스멀스멀 기어
들고 종국에는 관 속의 나무 뚜껑이 컹컹 못을 박고
있는 걸 보면 알지

그런데도 자넨 잘해 봐 난 이렇게 살 거니까, 마누
라 쭉 빠진 다리와 예쁜 딸 그리고 바람이 빠져버린
베이스볼처럼, 멍한 표정의 아들 녀석과 함께 태연히

앉아있군

근데 말이야 자네 그 이마에 웬 땀이야, 호주머니
속에 들어있는 그 광물체는 또 뭐고?

폭설*

꼼짝하기도 어려운 날, 꼼짝 않는 사람들을 만나기 위해 압구정 CGV에 갔다

기도소리와 눈 내리는 소리만 들렸다

기도소리가 복도에서 멀어지면 눈 내리는 소리가 더 크게 들렸다

봄은 겨울로부터 오는 것이 아니고 침묵으로부터 오고 있었다 그 침묵으로부터 겨울이 그리고 여름과 가을이 가고 있었다

"자기가 가진 모든 것을 포기하지 않는 자는 진정 나의 제자가 될 수 없나니…"

"주께서 저를 이끄셨으니 제가 여기에 있나이다"

"내가 곧 그분이시다"

오직 그 침묵이 소란스러웠을 뿐

위대한 침묵의 그 수도원도 요 며칠의 서울처럼 깊
고 깊은 폭설 속에, 그 것도 늙은 눈 속에 꼼짝없이
갇혀 있었다

*영화 '위대한 침묵' 을 보던 날

밤의 논산역

가로등은 종일을 졸다가 저녁이 되어야 철이 든다
모텔이 없는 기차역 부근에서 집을 지키는 여인숙 하
느님의 조바 같은 불빛, 십자가는 제로의 지점에서
가끔씩 교차한다

논산, 논산, 여기는 논산역
논산역에서는 먼저 가는 열차를
먼저 보내야 하므로 약 삼 분간 정차한다

비 오는 날, 오늘까지만 내려주고
그쳐주길 바라는 이삿짐처럼
제가 할 수 있었던 건
그것뿐이었어요, 어머니

아홉시 사십분, 조치원역에 서있던 기차가 다시 떠
나고

다음역인 전의역은 차를 세우지 않는다고
전의를 불태우지만
기차는 물끄러미 지나간다

나는 술병을 꺼내 한 모금 마신다

당신의 머리칼은
좀처럼 떠오르지 않고

아무리 두드려도 열리지 않는 문처럼, 나는 오늘 당신의
아이 하나를 갖고 싶다

불 놓는 들

집집마다 차가 있는 마을

마을버스 한 대가 연기 나는 들판을 지나간다

그래도 쟁기는 넣으려는 걸까?

군사 지역이 풀린 밭에

수수깽이 깻대 고구마대 서숙짚

삭정이들이 타고 있다

불을 놓는 노인은 깡통처럼 찌그러지고

구멍이 성성하다

지나가던 바람이 그걸 물끄러미

쳐다보고 있다

그 앞으로 마분지 조각 폐품을

가득 실은 리어카가 한 대가 지나가고 있다

아버지 기일

방금 출발한 고속버스가 강남성모병원 앞을 막 지
날 때였다

차를 세워볼 양으로 손을 들고 서 있는 어떤 노인
의 하얀 두루마기가, 헤드라이트 불빛에 얼비치고 있
었다

저 노인은 아직도 신작로를 가지고 있나?

아니면 산동네 어느 집의 찾던 지붕을 포기하고 일
찍 길을 나서려던 참일까

나는 금방 뛰어 내릴 것처럼 승강구 쪽을 쳐다보다
가 완강한 시선 하나에 온전히 굴복하고 만다

하필이면 당신이 돌아가신 날

아직도 길가에 서있을 그 노인과 차 문을 막고 있
는 저 소녀와, 그리고 또
누군가에 대하여 나는

한없이 내리는 눈을 대신 맞고 있었다

그래도 눈발은 계속 떨어지고

불과 몇 마장의 거리에서 먼저 가라고 먼저 가 있
으라고 자꾸 자꾸만 손짓하는 그 노인과 눈 내리는
소리를 들으며, 나는 어렴풋이 잠이 들어 있었다

흐름의 미학

문성해 (시인)

시집은 곧 '시의 집' 이다. 오, 육십 편의 시가 살고 있는 집이다. 집에는 가족과 세간이 있어야하고 조석으로 끓여먹는 끼니 냄새와 무엇보다 그 집을 들썩일 훈기가 있어야 한다. 집은 자궁으로부터 나온 사람이 평생 담겨있게 되는 곳이다. 그 속에서 사람은 무장해제를 하듯 얼굴과 몸을 닦고 가장 편안한 모습, 가장 나다운 모습을 갖게 된다. 지금은 병원에서 아이를 낳는 게 당연한 일이지만 옛날에는 다들 집에서 아이를 낳았다. 그 때의 집은 사람이 태어나서 씻겨 지는 곳이며 맨 처음 네 발로 기는 곳인 동시에 두 발로 일어서는 곳이었다. 집은 말을 배우고 사회성을 배우고 나아가서는 사랑에 몸을 떨던 곳이며 때로는 사랑을 잃고 칩거하는 곳이기도 하다. 또한 집은 죽기 전에 마지막으로 사람이 등을 대고 눕는 곳이며 사람이 마지막으로 버려야 할 장소이며 반대로 그것으로부터 버림받는 곳이기도 하다. 집은 나의 아름다움과 추함을 다 기억하는 장소이다. 그러므로 이 사각의 공간은 내가 살아있는 한은 우주와 같다고도 할 수 있다.

시집은 이 모든 집의 속성을 다 가지고 있다. 시집 속의 시들은 한 시인의 내밀한 고백이자 독백이고 떨림의 기록이다. 한 시인의 짧게는 몇 년, 길게는 몇 십 년 된 고백을 읽을 때마다 드는 생각은 너무 쉽게 밥 먹듯이 시집을 읽지는 말자는 것이다. 그 속에 상재된 시들은 그가 새운 밤의 기록이자, 그가 헤맨 골목의 기록이자 그가 버린 파지의 기록이기도 하다. 적어도 오, 육십 편의 시들이 조용히 머무는 '시의 집'을 펼칠 때에는 그 속에 사는 시들이 놀라지 않게 조용히 문을 두드리고 나서 열어볼 일이다.

내가 이형기 시인을 처음 만난 것은 삼 년 전 도서관 문학 작가 파견 사업으로 가게 된 김포 통진 이라는 소읍이었다, 안개 자욱한 일산대교를 거쳐 김포 시내를 지나 강화 못 미쳐 가다보면 만나게 되는 바다가 있었지만 바다가 보이지 않는 아주 작은 도서관이었다. 그때 나는 도서관 인근의 초등학교에서 방과 후

어린이 동시 수업과 노인정의 어르신들 책읽기 수업
을 먼저 하고 난 후 시창작반 수업을 하기로 되어있
었다. 유치원 아이들이나 다름없는 아이들과 씨름을
하는 일도 힘들었지만 자기들만의 고집에 쌓인 노인
정의 노인들과 친해지는 일은 더더욱 어려웠다. 파김
치가 된 뒤에야 가진 시창작반 수업에서 맨 처음 강
의실 문을 밀며 들어온 사람이 이형기 시인이었다.
수강생들 대부분이 그곳 사람들이었던 것과는 달리
그는 멀리 서울에서 무려 세 시간씩이나 전철과 버스
를 갈아타고 그곳에 도착하고 있는 중이었다.

그는 이미 나와 꼭 같은 수업에서 김소연 강정 같은
젊고 발랄한 시인들로부터 자유분방한 시를 공부하
고 있었고 그 해 새롭게 선정된 문학 작가 파견 사업
의 시인들 속에서 누구한테 가서 또 시를 공부할까
컴퓨터를 뒤지다가 내 이름을 찾았다고 했다. 그는
나를 알지도 못했고 내 시집을 읽지도 않았지만 거기
실린 내 이력과 '외곽의 힘'이라는 시 한 편을 읽어
보고 여기까지 찾아왔노라고 했다.

수업이 끝나고 집으로 돌아오면서 한 시간도 더 걸리
는 버스 속이였다. 내 남편도 시인인걸 알았던 그는
선생님 집에는 시인이 둘이나 있어서 좋겠다고 말했
고, 나는 선생이었던 아버지가 그렇게 선생이 되라고

했었지만 가난한 아버지가 싫어서 선생이 되지 않았
으며, 그래도 딸이 시인 된 걸 그렇게 좋아하더라는
아버지 얘기를 하며, 둘 중 하나라도 선생이 됐더라
면 좋았을 걸, 그것이 바로 로또인줄 몰랐노라고 불
평에 가까운 아쉬움을 토로했으며, 거기에 그쳤으면
좋았을 걸, 내가 나온 신춘문예의 신문사 상금이 제
일 작았다느니, 밥벌이를 위해 하루 다섯 시간씩 지
하철을 타고 다닌 얘기. 여자 검침원이 되기 위해 한
전을 찾아 갔던 이야기들을 부끄러운 줄도 모르고
늘어 놓고 있었으니 지금 생각하면 대체 왜 그랬는
지 몰랐다. 그는 그런 나에게 그래서 더 좋은 시가
나오는 것 아니냐며 마지못해 위로하고 있었는데,
그의 시에 달뜬 눈빛 앞에서 겨우 신세타령에 가까
운 곤궁한 얘기 밖에 들려 줄 수 없었던 나는 한편으
론 미안한 마음을 갖고 있었다. 그런 그가 세 번인가
네 번인가 내 수업을 듣고 더 이상 보이지 않았다.
그러면 그렇지. 어쩌면 푼수처럼 보였을지도 모를
나에게 너무나 실망한 나머지 나보다 더 좋은 선생
을 찾아 간 것이라 속단하고 한참 후에는 그마저도
잊게 되었다. 그런데 어느 날 전화가 걸려 왔다. 미
국에서 막 돌아와 우연히 신문을 보다가 내 시집이
나온 걸 알고, 지금 교보문고에서 커피 한 잔을 시켜

놓고 책을 읽으며 전화를 거는 중이라 했다. 그때 버스 속에서 나누었던 이야기들을 웃으면서 했다. 혹시 시인에게 욕이 될까 봐 자기는 어디 가서 입도 벙긋 하지 않았는데, 그걸 시집에다 다 적어 놓으면 어떻게 하느냐는 것이었다.

그리고 한참 후 또 한 번 불쑥 전화가 걸려왔다. 일산에 갈 일이 있으니 만나서 점심을 사고 싶다는 것이었다. 나는 그 때도 아이들 방문 수업에다 자잘한 원고 쓰는 일에 눈 코 뜰 새 없이 바빴었다. 그는 나의 사정을 알고 딱히 시간을 정하지 않았었고 가까운 시일 안에 내가 맞는 시간에 차 한 잔을 나누자고 했다. 그리고 한 달이나 지났을까. 그가 나를 만나 육십 편 정도의 시가 모아졌다며 그에 시의 집을 짓겠다고 했다.

어느 정도 짐작은 하고 있었지만 메일로 보내온 그의 시를 읽으며 나는 "선생님의 시를 읽으며 내내 즐거웠습니다." 하는 답장을 보내는 것 말고는 더 할 말이 없었다. 이 모든 게 서울 인근을 다 뒤져서 시 선생을 찾아 다녔던 그 열정의 소산임을 인정하지 않을 수가 없었다.

뒤에 안 일이지만 그는 소식이 없었던 한 달 동안 98세를 산 어머니를 저 세상으로 보내고 돌아왔으며 처음 전화를 걸 무렵에는 시집 원고를 출판사에 보내려고 책을 내는 문제와 발문을 써 줄 수 있겠는지 알아보려고 만나자고 한 모양이었다. 어머니가 돌아가시기 전에 시집을 내 가시는 길에 넣어주고자 했던 것 같았다. 그렇지만 우리가 자리를 마주했을 때는 어머니가 이미 돌아가신 후였고 어머니의 명복을 비는 연미사를 드리러 성당을 오가며 쓴 '후회하는 나무'라는 시에서 표제로 딴 시집 원고를 다시 정리해서 내게 가져 온 것이었다.

시는 평생 일궈야 하는 업이다. 시업은 언제부터가 아니라 언제까지 하는가가 더 중요함은 시를 한번이라도 마음에 품어본 사람은 다 알 것이다. 그는 지금 미국과 한국을 오가며 살고 있다. 그의 시 속에서 지하철이나 정류장이 많이 등장함은 자연스러운 일이다. 한곳에 매여 있기보다는 늘 어딘가로 바쁘게 흘러 다니는 그에게 이런 소재들이 눈에 들어옴은 당연한 일일 것이다. 그러므로 이형기 시인의 시들은 고체이기보다는 액체의 흐름을 갖고 있다고 할 수 있다. 우물 안처럼 고인 시는 속으로 곪고 밖으로 썩을 수밖에 없다. 한 시인의 시를 읽는 일과 그의 시세계를 살펴봄은 지극히 조심스러운 일이다. 그것도 오랜 기간을 망설여서 내는 시의 집을 들여다봄은 더더욱 그러할 터, 이제 나는 부드러운 시의 천변에서 이리저리 지느러미를 부딪치며 다가오는 그의 시들을 천

천히 따라가 보고자 한다.

그의 시는 각별히 구체적이다. 한편의 시속에서 읽는 이가 공감을 하기에 구체성만큼 좋은 도구는 없다. "미사를 보던 여인 하나가 바구니에 종이 돈 천 원을 놓고 /오백 원짜리 동전 한 개를 가져오다 들켜버리고"(「오월」) "지갑에서 이만 원을 꺼냈다가 그래도 사람이 여섯인데 /만 원을 더 보태 삼만 원을 넣고" (「돈」) "누군가 붙여 두었을/ 수고 앞에서 /똥을 누고 있는 노인들"(「노인들」) "수염이 너무 길어서 /늙은 매미처럼 보이는 그는, 고목처럼 누워있을 때가 많다"(「올드랭」)에서처럼 구체성은 의자를 뒤로 뺀 채 시집을 멀찍이 보던 독자들을 '어? 이것 봐라!' 하며 단번에 의자를 바짝 잡아당기게 하는 힘을 발휘한다. 공감대를 건드리기에 가장 좋은 도구인 이 구체성은 시를 허구의 나락으로 빠지지 않게 하고 단단한 반석 위에 올려놓게 한다.

지독한 황사에서 푸른색 비까지의 거리, 성긴 빗방울들이 유리창에 차례차례 엉기는 아침나절

며칠 전에 세상을 떠난 어머니 연미사를 드리러 혼자 성당엘 간다 예수의 제자들이 하나씩 돌을 얹어 지었을 오

래된 집, 용케 살아남은 자들의 위로 속에 하루가 퍼지고
있었다

칠이 벗겨진 공기들처럼 젊은 사람들은 뿔뿔이 흩어져 돈
벌러 가고, 나이 들어 갈 곳 없는 사람들만 모여서 미사를
드린다

미사가 끝나 밖으로 나가는데 아까 어머니 이름을 불렀던
늙은 신부가, 마당에 길게 한 바퀴 원을 그리고 서있다

모자를 벗고 꾸벅 인사를 하는데

엄마를 잃은 내가 안쓰럽다는 건지, 이런 날은 하느님도
잘 보이지 않아 자기도 무척 괴롭다는 건지, 희미한 웃음
을 던지며 손을 내민다
오늘도 누군가, 후회하는 나무들만 비를 맞는다

　　　　　　　　　　　　　　-「후회하는 나무」전문

어머니를 잃고 시인은 성당에서 연미사를 넣은 모양
이다. 그 통한의 애절함을 구구절절 말들로 나열하지
않고 시인은 "성긴 빗방울들이 유리창에 차례차례
엉기는 아침"이나 "예수의 제자들이 하나씩 돌을 얹

어 지었을 오래된 집"과 "이런 날은 하느님도 잘 보이지 않아 자기도 무척 괴롭다는 건지, 희미한 웃음을 던지며 손을 내"미는 늙은 신부를 담담하게 이야기할 뿐이다. 그 담담함이 오히려 더 슬프게 느껴지는 것은 왜일까? 화자의 슬픔은 예수를 잃은 제자들의 슬픔과, 젊은 사람들이 뿔뿔이 흩어져 나가고 갈 곳 없는 노인들만 앉아 낮 미사를 모시고 있는 성당 풍경과, 그즈음 하느님이 잘 보이지 않아 영육이 희미해져가는 늙은 신부님의 심정에도 얹어져 그것은 조금쯤 가벼워지는 것처럼도 보인다. 그러나 몸속의 눈물을 다 쏟아내고 난, 이제는 울 기력조차 없는 사람의 눈길이 머무는 곳은 응당 축축이 젖게 되는 법, 화자가 옮겨가는 시선 속에서 사물들은 모두 울 준비가 되어 있는 것처럼 보인다. 이제는 어머니 없이 세상을 살아야 하는 화자의 비애는 어떻게 보면 낮 미사에 나온, 이미 어머니 없이 사는 늙은 사람들의 그것과 조용히 맞닿아있다.

그해 봄 나는 오래 입었던 옷 한 벌을 벗었고 그런대로 거동이 가능한 어머니와 며칠간의 여행을 떠나기로 했습니다

우리가 있을 바다는 많이 젖어있었습니다

조선소래야 어선들의 깨진 발바닥이나 겨우 꿰매주는 회색 슬레이트 건물은 소금물에 제의를 통째 바치는 식이었고, 도르래 하나가 연안의 불빛을 슬금슬금 끌고 왔습니다

포구에는 어선 몇 척 쿨럭이는 게 보였고 피안인 듯 모닥불을 피우는 연기와 여인들의 울음이 오래고 습하게 들려왔습니다

우리의 대화는 늘 우리 두 사람의 가슴을 통과해 어머니는 내 뒤편 천장만을 바라보았고
조선소가 옛날 자기 집이었다는 주인 여자도 이제 막 뼈를 바른 회 한 접시와 소주 한 병을 넣어주고 돌아갔습니다

밤이 되자 바다 속은 더욱 잉잉거리고 가끔씩 두 사람의 된소리가 문틈으로 흘러나올 때마다 깜짝 깜짝 놀라던 불빛

누대의 가업처럼 내 등에 업힌 어머니는 어디서 또 마른 뼈가 꺾이고 있는 것인지 자지러질 것처럼 소리를 질렀고 그때마다 나는 나보다도 더 엄살을 부린다며 타박을 주었습니다

다음날도 그 다음날도 어머니만 보면 무조건 짖어대는 여관집 개와 아무 대책 없는 늙은 바다와 그리고 저 상처 난 별들을 다 어떻게 해야 하나, 한 백년쯤 고민하다가 나는 혼자 서울로 왔고

어머니의 긴 여행은 그때가 시작이었습니다

―「그해 바닷가에서의 며칠」전문

어머니와의 여행을 그리고 있는 이 시 역시 앞의 시와 마찬가지로 담담한 흐름이 돋보인다. 어쩌면 어머니와의 마지막일지도 모르는 여행 속에서 화자는 아픈 어머니를 모시고 가는 이 같지가 도무지 않다. 시 속에 등장하는 "소금물에 제의를 통째 바치는" "회색 슬레이트 지붕"과 "모닥불을 피우는 여인들의 울음"과 "이제 막 뼈를 바른 회 한 접시와 소주 한 병을 넣어주고" 가는 주인 여자와 "두 사람의 된소리가 문틈으로 흘러나올 때마다 깜짝 깜짝 놀라던 불빛"과 "어머니만 보면 무조건 짖어대는 여관집 개"는 그러한 면을 더욱 가중시켜 이 시를 일면 건조하고 무뚝뚝한 정서로 보이게까지 한다.

단지 "내 뒤편 천장만을 바라보"는 "누대의 가업처럼 내 등에 업힌" 어머니와 "상처 난 별"들을 고민하는 화자 정도에서 슬픔의 일면을 맛보기 할 수 있을

뿐이다. 이러한 방식은 앞의 시와 마찬가지로 슬픔을 직접적으로 나타내기보다는 다른 것에 녹아들게 함으로써 그 슬픔이 오히려 읽는 이의 몫으로 전이되는 효과를 낳게 한다. 우리는 종종 울고 있는 눈보다 울음을 웃음으로 바꾸려 애쓰는 찌그러진 웃음 속에서 더욱 진한 슬픔을 느끼지 않던가.

무너지는 회색 담장 위로 칸나 몇 그루, 부끄러운 가슴을 만지며 솟아오르고

하늘은 더 이상 붉게 찢어지지 않았다

미사를 보던 여인 하나가 바구니에 종이 돈 천 원을 놓고 오백 원짜리 동전 한 개를 가져오다 들켜버리고

흰 이를 드러내며 웃었다

또 한 여인은 성체를 받아 들고 제 자리로 돌아와 무릎 뼈 두 개를 깊이 모아 오랫동안 흐느꼈다
 봄은 세례자 요한보다 먼저 왔으나 교각 앞에서 주정꾼의 가랑이를 잡아당기며, 괜히 방뇨했다

- 「오월」부분

나는 얼른 예물봉투 하나를 집어 들었다

봉투에는 기억하고 싶은 영혼의 이름을 적도록 돼 있었고
나는 생각나는 대로 할아버지, 할머니, 아버지, 작은 누나,
장모님, 큰집조카 모두
여섯 명의 이름을 적은 다음

지갑에서 이만 원을 꺼냈다가 그래도 사람이 여섯인데
만 원을 더 보태 삼만 원을 넣고
이걸 어디다 낼까 눈치만 보고 있었다
.
.
.
내 뒤를 따라오던 사람들은 무심코

천 원, 오천 원, 혹은 만 원짜리 지폐를 꺼내 그 하얀 봉투
가 다 파묻히도록 작은
무덤 하나를 만들었다
바른편 창가로 아주 오래된 햇볕 몇 점이 들어와 있었다

-「돈」부문

이형기 시인의 시 중에는 유난히 성당을 소재로 한
시들이 많다. 이것은 시인의 시세계와도 밀접한 상관
관계가 있다. 여기서 주목할 점은 종교에 관련된 시

를 쓰는 사람들이 신앙심에 기대어 시를 쓰는 것에 반해 그는 단지 시의 소재만을 그곳에서 발굴해 온다는 점이다. 시란 어디로 튈지 모르는 럭비공과 같아 사실 신앙심으로만 시를 쓰는 일은 힘든 일이 될 수밖에 없다.

오히려 신앙은 우주관이나 윤리관이라는 커다란 이점에도 불구하고 시를 편협하게 만드는 장본인이 되기까지 한다. 이러한 많은 걸림돌에도 불구하고 시인이 시를 성당 안에서 찾음은 오히려 세속적이지 않는 곳에서 더욱 세속적인 발견을 하기 때문이다. "바구니에 종이 돈 천 원을 놓고/ 오백 원짜리 동전 한 개를 가져오"는 여자와 "성체를 받아 들고 제 자리로 돌아와 무릎 뼈 두 개를 깊이 모아 오랫동안 흐느"끼는 여자가 공존하는 성당에서 시인은 여러 인간들의 모습을 보며 많은 생각을 하였을 것이 분명하다. "지갑에서 이만 원을 꺼냈다가 그래도 사람이 여섯인데 만 원을 더 보태 삼만 원을 넣"는 시인 역시 세속적인 사람일 수밖에 없는 게 씁쓸한 현실이다. 근엄한 체, 윤리적인 체 하는 시들이 판치는 세상에서 그의 이런 솔직함은 오히려 더 신선하게 독자들을 자극한다.

양재동 전철역 지하도, 젊은 사내 하나가 악기를 불고 있다

부르는 노래가 무엇인지 저도 잘 모르니

이름을 알 리가 없는 국적

누군가 내다버린 길바닥에서 은화 몇 푼을 줍고 있다

체르 쩨르 쳇쳇 체라 쳇쳇 체라 체라 쳇쳇삐……

결코 사라져본 적 없는, 나뭇잎의 합창이라도 되는 것처럼

악기 하나를 불고 있다

밖에는 한 줄금 스콜 같은 비가 뿌렸고

정류상에는 지까다비를 신은 젊은 여자 하나가 수지 행
버스

를 타려고 급히 달려가는 게 보였다

                              -「악기 부는 남자」전문

무심한 시간의 흐름을 느끼게 하는 이 시는 동사를
모두 '흐르다'로 바꾸어도 그 맥이 살아있음을 알게
된다. "부르는 노래"를 '흐르는 노래'로 "악기 하나
를 불고 있다"를 '악기 하나가 흐르고 있다'로 "밖에
는 한 줄금 스콜 같은 비가 뿌렸고"를 '밖에는 한 줄
금 스콜 같은 비가 흐르고'로 "젊은 여자 하나가 수
지 행 버스를 타려고 급히 달려가는 게 보였다"는

130

'젊은 여자 하나가 수지행 버스를 타려고 급히 흘러 가는 게 보였다' 로 바꾸어도 될 만큼 '흐르다' 는 그의 시를 풀어가는 중요한 단서가 된다.

그는 정류장이거나 지하철 등 잠시 머물 뿐인 장소에 대한 시선을 끈질기게 물고 늘어진다. 떠나고 오는 이들이 대부분인 그곳에서 시인이 바라보는 것들은 자연 그곳을 거치는 사람들일 터, 그 곳에서 악기를 부는 남자는 "결코 사라져본 적 없는, 나뭇잎의 합창 이라도 되는 것처럼" 멈추지 않는 악기를 불고 있다. 사람들이 바삐 어딘가로 오고 가는 정류장에서 붙박 이처럼 악기를 부는 남자의 모습이 인상적이다.

　무작정 주둔하던 오후

　지루한 그의 그림자와, 협궤철로의 좀처럼 오지 않는 기차

　하얗게 껌을 씹던 여자들과
　여태 서성거리며 더 많은 몸을 팔던 안개들과
　맥주잔에다 시버스리갈을 따라 마셔야
　직성이 풀리던
　아무 대책 없는 사내들의 일탈

클럽의 비굴한 웃음을 비웃던 술잔과

내가 부러뜨린 늙은 여자의 허리와

그 여자 속눈썹에 떨어지던 세월의 집

오늘은 누가 빈 유모차 하나를 밀며 지나간다

잔뜩 찌푸린 하늘에서 한영애의 루씰 한 줄 흐르다가

툭툭 끊어진다

-「선유리」전문

이 시의 백미는 단연 첫 구절이다. "무작정 주둔하던 오후"에서 보듯이 주어가 빠진 이 행은 누구라도 와서 주둔 할 수 있다는 의미를 내포하기도 한다. 그것은 봄이 될 수도 있겠고 오전보다는 긴긴 오후가 될 수도 있겠고 시바스리갈을 맥주잔에 마시며 음담패설하는 사내들일 수도 있겠고 늙은 여자의 허리를 부러뜨린 젊은 날의 시인일 수도 있겠다. 그 먼지 이는 황량한 소도시 속에서 지루한 삶을 견뎌내던 "하얗게 껌을 씹던 여자들"과 클럽의 사내들 속의 하나일지도 모르는 화자는 우리 모두의 젊은 날의 모습이다. 그 소도시도 늙는가? '유모차를 끌며 지나가는 늙은이'를 보는 시선은 연민스럽기까지 하다.

"이모를 찾습니다"

A4용지를 쏙 뽑아서 유리창에 붙여 논

정말로 이모를 잃어버렸나 해서 가만히
안을 드려다 봅니다
올망졸망한 아이들은 모두
학교에 가고
그보다 더 어린
물 컵들이 손님을 기다립니다

며칠 전, 들어올까 말까
망설이다가
슬그머니 가버린

뒷머리를 위로 묶은, 그 예쁜 이모를 찾습니다

-「분식집」전문

'같이 일할 분을 찾습니다' 란 광고를 "이모를 찾습
니다"로 낸 분식집을 시인이 그냥 지나칠 리가 없다.
그 분식집 속을 들여다보던 시인은 어린 손님들보다
더 어린 물 컵들을 보고 그 물 컵들이 기다리는 것이
손님이 아니라 자기들을 닦아주고 옮겨줄 "며칠 전,

들어올까 말까/망설이다가 슬그머니 가버린//뒷머리를 위로 묶은, 그 예쁜 이모"라고 단정한다.

"올망졸망한 아이들"과 "그보다 더 어린 물 컵들"과 일자리를 구하며 망설이던 한 젊은 여자에게로까지 따뜻한 시선이 옮겨가는 대목은 읽는 이를 미소 짓게 한다. 일상적인 소재를 소재 너머로까지 이어가는 힘은 시인이 지녀야 할 덕목이다.

마르고 딱딱한 가지는 언젠가 꺾어지기 마련이다. 그러나 갓 나온 가지가 뿌리 속의 물을 쭉쭉 길어 올리듯이 젊은 시는 쉬 꺾이지 않는다. 이형기 시인의 시는 늦게 시작한 만큼 젊다고 할 수 있다. 나는 그가 이 시집에 만족하지 않고 앞으로 계속해서 제 2, 제 3의 시집을 세상에 내놓으리라는 것을 알고 있다.

바라건대 그의 시가 물리적인 나이에 굴하지 않고 오히려 거꾸로 젊어지는 기적이 생겼으면 좋겠다. 그리고 단언하건대 그가 시를 놓지 않는 한 그런 일은 분명 일어날 것이라고 믿는다. 부드럽고 잔뜩 물기마저 올라 있는 그의 시가 갓 나온 가지처럼 더 젊어진다면 그건 생각만으로도 전율이 이는 일이다.

이형기 전남 여수에서 출생. 대학에서 도예디자인을 전공했다. 2009년 한국도서관협회가 주관하는 〈문학 작가 파견〉이라는 글쓰기프로그램을 통해 시를 쓰기 시작 2011년 〈시인세계〉 신인상에 「점심 때 노인들은 병원처럼 앉아 있고」 등이 입선 작품 활동을 하고 있다. 경기도 여주시 초현리에 공방을 겸한 조그만 작업실이 있다.

이메일 hk2422@never. com

후회하는 나무

초판 1쇄 인쇄	2015년 10월 22일
1쇄 발행	2015년 10월 27일

지은이	이형기
발행인	이용길
발행처	**모아북스** MOABOOKS

관리	정윤
디자인	이룸

출판등록번호	제 10-1857호
등록일자	1999. 11. 15
등록된 곳	경기도 고양시 일산동구 호수로(백석동) 358-25 동문타워 2차 519호
대표 전화	0505-627-9784
팩스	031-902-5236
홈페이지	www.moabooks.com
이메일	moabooks@hanmail.net
ISBN	979-11-86165-87-4 03810

· 좋은 책은 좋은 독자가 만듭니다.
· 본 도서의 구성, 표현안을 오디오 및 영상물로 제작, 배포할 수 없습니다.
· 독자 여러분의 의견에 항상 귀를 기울이고 있습니다.
· 저자와의 협의 하에 인지를 붙이지 않습니다.
· 잘못 만들어진 책은 구입하신 서점이나 본사로 연락하시면 교환해 드립니다.

모아북스 는 독자 여러분의 다양한 원고를 기다리고 있습니다.
(보내실 곳 : moabooks@hanmail.net)